WHY DOES SHE DO THAT ?

Citation :

L'histoire que je vais vous raconter
dépasse Toutes règl

WHY DOES SHE DO THAT ?

WHY DOES SHE DO THAT ?

Les vampires

[WHY DOES SHE DO THAT ?]

Confessions d'une Comtesse

L'histoire que je vais vous raconter dépasse Toutes les règles morales de l'humanité .Il s'agit d'une histoire vraie.

De nombreuses questions se posent comment une princesse s'est transformée en vampire. ? De quoi s'agit-il au juste ?

[WHY DOES SHE DO THAT ?]

L'histoire que je vais vous raconter

aujourd'hui dépasse toutes les règles

morales en outre, elle constitue une

réflexion centrée sur les Comportements

irrationnels de certaines personnes qui

ressemblent à des Loups –Garous.

Confessions d'une Comtesse

L'histoire, nous renvoie aux origines les plus sombres de l'humanité Ça commence avec la naissance d'une comtesse Eliza, petite-fille du comte Dracula, née le 7 août 1560, dont l'influence s'est étendue en Hongrie, en Slovaquie et en Pologne et est devenue connue sous le nom de "comtesse

Confessions d'une Comtesse

de sang" ou "reine de sang" en raison de

son histoire sanglant L'histoire que je vais

vous raconter dépasse Toutes règles morale

Elle n'a pas cessé de boire le sang de 600

des filles du peuple, elle est plutôt allée

chercher du sang pour la protéger du

vieillissement et a tué 25 des filles de la

[WHY DOES SHE DO THAT ?]

Confessions d'une Comtesse

famille royale! Elle est née au XVIe siècle

avec un beau visage et une bonne force, et

lorsque la révolution des agriculteurs a vu

le jour la mère de sa mère violer et tuer sa

sœur alors qu'elle survivait au massacre,

elle s'est mariée Du comte Francis, qui lui

a enseigné ses méthodes de torture avant

[WHY DOES SHE DO THAT ?]

Confessions d'une Comtesse

de tuer en cours en lui faisant couper la tête

des prisonniers turcs, et il a remarqué son

plaisir et son , la comtesse malade a pu

Inventer de nouvelles méthodes, lorsque

son mari l'a quittée pour des conditions de

travail, elle a trouvé un désir pour les filles,

et elle a commencé à s'amuser avec les

Confessions d'une Comtesse

petites femmes et après qu'elle a pratiqué

Avec tortures et déguises La comtesse était

obsédée par l'idée d'une jeunesse

permanente, et elle la recherchait dans tous

les sens. Après la mort de son mari et sa

vieillesse, elle est devenue plus obsédée

par l'idée, et elle a eu tout un groupe de

Confessions d'une Comtesse

magiciens et de sorciers, qui se sont

moqués d'elle pour renvoyer sa jeunesse

perdue.

Un jour, alors que la comtesse Eliza était

assise dans sa chambre accompagnée d'une

jeune femme de chambre mettant la touche

finale aux cheveux de la comtesse,

[WHY DOES SHE DO THAT ?]

Confessions d'une Comtesse

Elizabeth était surprise que ses cheveux soient fermement tirés par la femme de chambre qui s'excusait de cette erreur, car elle ne voulait pas dire ça !! Mais Elizabeth, qui souffrait d'une détérioration de l'humeur et d'une nervosité excessive, a saisi ses ciseaux d'argent et a instinctivement frappé le visage de la jeune

femme de chambre vigoureusement, pour

lui pousser le visage et demander le sang

de la fille effrayante entre les mains de la

comtesse Plus tard, alors qu'Eliza nettoyait

sa main du sang de la bonne, elle sentit que

sa peau était plus lisse, plus de lunettes et

Confessions d'une Comtesse

plus jeune qu'auparavant !! Et

immédiatement, elle a consulté sa sombre

note de bas de page pour connaître leur

opinion sur ce qui s'était passé, bien sûr, ils

ne voulaient pas la décevoir et la mettre en

colère, après qu'il leur semblait qu'ils

étaient complètement convaincus que le

Confessions d'une Comtesse

sang de la jeune fille rendait sa peau plus

élastique et plus jeune,

donc c'était seulement pour eux d'exprimer

leur approbation et de créer une histoire à

partir de leur imagination sur une femme

d'une classe Les nobles vivaient loin et le

sang des jeunes vierges a eu un effet

similaire à ce qui s'est passé avec elle, car

elle est devenue jeune et belle jusqu'au

dernier jour de sa vie. Et après cette

à moins qu'elle ne soit plus convaincue

qu'elle - et finalement - a trouvé l'élixir de

la beauté éternelle, et que boire ou se

baigner dans le sang des jeunes vierges

Confessions d'une Comtesse

suffirait à garder ses beaux jeunes pour

toujours et voici le début de sa

Descente sanglante dans le mal et le début

du conte sanglant. à obtenir le titre

(comtesse de sang), qu'après que la femme

de chambre lui a frappé le visage et l'a

convaincue que le sang des jeunes femmes

[WHY DOES SHE DO THAT ?]

Confessions d'une Comtesse

était suffisant pour lui rendre sa beauté

passée et l'effacer à tout âge, elle a amené

la même fille qui lui a demandé son sang

pour la battre avec des ciseaux, pour la

tirer de Ses cheveux et suspendus à ses

pieds avec une série de fer solide !! À la

grande surprise de la fille, elle est dans le

Confessions d'une Comtesse

bain de la comtesse et identifiée au dessus

de l'immense baignoire! Puis Elizabeth la

laisse suspendue pendant un certain temps

pour revenir vers elle avec ses ciseaux

d'argent et lui couper la gorge pour

labourer abondamment le sang de la jeune

fille à l'intérieur du bassin où Elizabeth

[WHY DOES SHE DO THAT ?]

Confessions d'une Comtesse

s'est baignée tout en regardant les cadavres

de la jeune fille suspendus Initialement,

Eliza croyait que le sang d'une seule

 jeune femme remplirait le but et lui

rendrait ce qui lui avait été pris par le

temps, mais ce n'est pas ce que la sorcière

Dorka a dit, qui lui était toujours associé.

Confessions d'une Comtesse

La tâche de préparer les bains de sang est

devenue le tour de Dorka, alors elle avait

l'habitude de choisir parmi les servantes du

château tout ce qu'elle voulait, ordonnant

à ses assistantes de prendre la fille

choisie au bain de la comtesse, et Dorka

pendait la fille de ses pieds pendant qu'elle

[WHY DOES SHE DO THAT ?]

Confessions d'une Comtesse

était nue avec des chaînes solides pour

l'élever au-dessus de l'énorme baignoire

après avoir coupé son corps avec des

rasoirs tranchants, pour demander du sang

La fille à l'intérieur du bassin .